고요

매헌현대시선 **012**

고요
이희영 제8시집

인쇄일 │ 2024년 10월 25일
발행일 │ 2024년 10월 30일

지은이 │ 이희영
펴낸이 │ 설미선
펴낸곳 │ 뉴매헌출판
주 소 │ 충남 예산군 예산읍 교남길 33
E-mail │ new-maeheon@hanmail.net

값 12,000원

ISBN 979-11-988691-3-5(03810)

고요

이희영 제8시집

뉴NEW
매헌
세광인쇄소

시인의 말

시를 쓴다는 것은 몸과 마음을
수련하는 힘든 일임을, 시를 쓰기 시작한 지 10년,
시집 출간 10권쯤 되어서야 겨우 깨달은 듯싶습니다

시의 주제가 나와 꼭 한 몸으로
일체가 되어 몸속에 같은 피가 흐를 때까지
수행하고, 기도 해야되는 것 임을 깨달았습니다

마음의 수행이 힘들다 하여
어찌 중도에 그만둘 수 있겠습니까
목숨이 붙어 있을 때까지 닦고, 또 닦아야 할
내 삶의 큰 업보임을 통감합니다.

2024년 6월 8일

쪽방에서, 五峯 이희영

제2부
쪽방 일기

제3부
죽순의 계절

제4부
송기떡을 아시나요?

제1부

고요

고요

쉿!
조용히 해
달님 깨울라

기도

둥근 하늘에
둥근 달이 떠 있다

어느덧
처마 끝에 일렁인다

마침내
달을 삼켰다

내 몸이 달의 피가
돌기 시작한다

시소(Seesaw)

밑에 있을 땐 올라가고 싶다
그러나
올라가면 바로 내려온다

잔물결이 위와 아래로 파도가 됐다가
파도는 금세 수평이 되듯

끝내
평심이 된 바다는
고요하다

삶 또한 그럴 것이다

오뚜기

자빠뜨리니까 일어난다
자빠뜨리는 자가 없으면
장난감도 못 된다

희망

희망이 다 이루어지는
것이라면
희망은 없다

일

일이 있음을
행복으로 알자

말은 사람이나 짐을 등에
싣고 다니는 것이 일이고

소는 쟁기도 끌고
수레를 끄는 것이 일이고

개는 짓는 것도 일이다

하물며
사람에게 일이 없다면
세상 살 일도 없을 것

일없는 돼지가 종자돈豚만
남겨 놓고 단명인 걸 보면 알 만도 하지

詩처럼

친구에게 詩처럼 살라고 했더니
섧게 살고 있더라

다시 詩처럼 살라고 했더니
詩는 진즉에 눈물에 빠져 있었네

부질없는 질투

남자는 멋진 여자를 만나면
그 여자의 남편이 궁금해진다

여자는 멋진 남자를 만나면
그 남자의 부인이 궁금해진다

당연한 일

민물과 짠물은 맛을 봐야
구분되고

집고양이와 길고양이는 만져 봐야
구분된다

차돌

씹어도
씹어도
씹히지 않는
쇠고기 속 돌멩이

깨트려도
깨트려도
죽지 않는
모서리가 사납다

손재주

글씨를 써놓고 보니 맞춤법이 틀렸지만
생각이 나지 않아
생각을 버리고 다시 한번
손가락이 쓰게 한다

자주 쓰던 비밀번호가 틀렸지만
생각이 나지 않아
생각을 버리고 다시 한번
손가락이 쓰게 한다

손가락이
때로는 두뇌를 능가하는
기억력을 갖고 있었다

저 높은 곳에

몰라서 타고 싶은 게 아니다
올라가봤자, 그네 줄이 반경이다

몰라서 띄우고 싶은 게 아니다
올려봤자, 연 줄이 끝이다

올라가고 싶은 것은 본능처럼

욕망을 태워 그네를 구른다
꿈을 얹어 연줄을 댕긴다

여행 목적지

바람난 암코양이 슬그머니 집 나갔다가
달포가 지나서야 새끼 배어 돌아왔다

평생 별러 남미 여행 떠난 후배가
달포도 안되어 이제 목적지는 집만 남았다고
문자가 왔다

어떤 여행도 마지막 목적지는 떠나온 집이고
삶은 늘 거기로 여행 중이네.

작대기가 없어

평생토록 짐 실은 지게 지고 걸어 온 길
쉬어갈 틈 없어 걸어서만 왔지

어느새 짐 가벼워져 산천 구경도 하고
쉬면서 천천히 걸어가고 싶지만

어쩌면 좋아!

한참 달려 나갈 때 작대기조차 짐 될가봐
던져 버렸으니

지금 쉬었다 가려면 지게 목에 손 잡고
꼼짝없이 서 있어야 하니

바둑 1

외줄 타고 싸운다
줄 끊으면
목숨도 끊어진다

바둑 2

내가 살려면 네가 죽고
네가 살려면 내가 죽고

죽기 살기 목숨 내건 전투가
사즉생死卽生, 알몸 던지는
육탄전이다

총성도 없고, 장수將帥도 없는
돌石들만의 전쟁이 나라의 승패를
거머쥔다

잣대

나이 들고 나서 잣대 하나 생겼네

아무리 좋은 일이라 해도
한 번밖에 쓸 수가 없어
잣대보다 긴 것은 잴 수가 없네

손주딸년 결혼식 날
평생 쓰는 쪽방일기 이사 가는 날
그리고 남북통일 되는 날

이것들을 잰다는 것은
바지랑대로 하늘을 재는 것보다
힘들 것만 같네

기대수명.

도수度數 높은 사람

돋보기를 쓰고
돋보기를 찾았다

쉬운 착각

엄마와 아내

다른 듯
같은 여자

그림자와 그늘

등산 갔다 돌아오는 길에
잠시 땀이나 식히고 갈 셈으로
애숭이 정자나무 그늘에 들어섰다

어찌 된 일인지
온종일 날 쫓아다닌 내 그림자가
나무 그늘 위에 포개진 채 그대로 서 있다

그림자와 그늘을
구분하는 순간이다

어차피

내일은 기다리지 않아도 온다
오늘은 가라지 않아도 간다

어차피
와야만 하고, 가야만 한다면

내일은 올 놈이니, 설렘으로 맞이하고
오늘은 갈 놈이니, 기분 좋게 보내자

고요

|

五岩 이희영 제8시집

제2부

쪽방 일기

쪽방 일기

밤사이 덮친 눈을 털어 주기 위하여
아버지께서 대나무밭에 들어가시는 것을 보며,
나도 뒤따라 나섰다가, "공부는 안 하고 따라나선다"고
혼구녕만 맞고 그냥 주저앉고 말았다

한참 지나서 눈을 다 털고 나오신 아버지께서 얼어 죽은
까치 세 마리를 들고 들어오셨다 흔한 일은 아니지만 혹한이
오면 대나무밭에서 잠자다가 동사하는 까치들이 종종 있
었다

아버지는 까치를 직접 손질하시어 아침상에 매운탕으로
올려졌다

"까치 고기는 애들이 먹으면 정신 사나워져 공부 못 하니까
절대 고기 먹으면 안 돼"라고 못을 박으시며, 할머니와 둘이
서만 맛나게 잡수셨다

식사 끝난 후 부엌에 숨어 들어가 할머니가 남기신 까치
고기를 국물도 남기지 않고 싹싹 훑어 먹었다

지금도 건망증이 심해지면 그때 훔쳐먹은 까치고기
때문인가 하는 생각이 든다

연 띄우기

하늘보다 가벼워야
하늘 위로 뜬다

바람보다 잘 놀아야
바람이 놀아 준다

곤두박질 바람이 거절하면
꽁무니에 꼬리 달고 유혹한다

더 높이 올리고 싶으면
연줄은 더 아래로 잡아당겨야 한다

연과 바람이 자웅雌雄한
신바람이 들썩들썩 바람을 핀다

나는 바람나기 좋은 날이면
집 뒤 언덕에 연 띄우러 나간다

할머니

할머니가 등잔불 옆에 쪼그리고 앉아
손자 양말을 기우신다

할머니가 고개를 꾸벅이자
등잔불도 따라서 꾸벅거린다

앗 따궈!

졸고 계실 때 바늘이 손가락을
찌른 모양이다

벌떡 잠이 깨신 듯
덧댄 헝겊에 바늘을 꽂으신다

그날 밤은
부엉이도 울지 않았다

할머니의 지혜

할머니가 생존해 계실 때였다

문틀에 창호지 바르실 때
내가 말을 듣지 않자

"이 집이 다 네 꺼다. 느의 아버지 말이
 너는 장남이라 이 집을 네게 준다고 했는디
 문종이가 너덜대도 그냥 둘거냐?"

할머니 말씀 듣자마자
문종이도 바르고, 일찍 일어나 닭모이도 주고
소여물 솥에 불도 때며, 한동안 솔선하여
집안 일을 도왔다

내 나이 할머니 또래가 되고 나니
방청소는 말할 것도 없고, 문짝도 고치지 않고,
가축도 기르지 못 하고
그냥 쪽방에서 딩굴며 게으름만 피운다

할머니처럼 나 같은 철없는 손자도 없는데,

설날 아침 일기

아침 차례상 올리고
음복주에 취해서 방안에 혼자
누웠다가 금세 잠이 들었다

아내의 설거지 소리에 선잠이 깨졌다
"애들은 언제 갔어?"
잠이 덜 깬 내가 물었다
"애들 외갓집 간다고, 인사하고 갔는데 잊었단 말이오?"
아내가 담담하게 말했다
"외갓집인지 처갓집인지 몰라도 시어메 설거지나 도와
주고 가야되는 게 아냐?"
"그러겠다 하는 것을 내가 보내 버렸시오"
"매번 버르장머리 못 돼먹게 가르치고, 설거지는 독박 쓰고
…… 언제까지 그럴 건데?"내가 냅다 소리 질렀다
"…… " 아내는 아무런 대꾸가 없다

한참 후 아내 혼자 중얼거리는 소리가 들린다
"설 같은 것은 왜 쇠느라고 이 난리를 피워? 차라리
설 없는 나라로 이민 갔으면 좋겠다"

바지랑대

본채와 사랑채를 이은
긴 빨래줄이 나이가 들자
빨래를 널지 않아도 추욱 늘어져 있다

대나무를 잘라다가 바지랑대로
받쳐 세우니, 튕기면 거문고 소리 날 듯
팽팽하게 당겨졌다

바지랑대 같은 당신 있어

따사한 봄바람 불어오면
추위 찌든 겨울 옷가지와 등 굽은
내 노후도 풀 먹인 빨래처럼
구김살 반듯하게 펴질 날 오겠지

양말 짝

양말은 여러 켤레를
한꺼번에 세탁도 하고
한꺼번에 보관도 한다

세탁 끝난 뒤에 짝을 채우다 보니
짝없는 양말 한쪽이 남았네

한쪽 남은 양말 버릴 수 없어
양말 항아리에 그대로 보관해 두었건만
잃어버린 쪽 양말은 끝내 나타나지 않네

아,
대단한 커플이여!

평생 밟혀만 살아서, 정 나눌 새 없던 양말이
수절세월守節歲月 하다니,

나도 가끔은 강남 사람처럼 산다

집을 리모델링 하면서
화장실을 궁전처럼 꾸며 놓았다

좌변기에 턱 걸터앉아
돋보기 쓰고 신문 읽으며
핸드폰 틀어 음악도 깐다

한참 구부리고 앉아 있는 것이 힘들 땐
허리 뒤로 제껴 물통에 기대고 나면
상감이나 된 듯 천하가 모두 내 것

맘대로 생각하고 맘대로 행동할 수 있어
발가벗고 춤을 추고, 괴성을 질러대도
흉보고 욕할 사람 아무도 없다

천하는 모두 나를 위해서 만들어졌다

코를 찌르던 구린내, 득실거리던 구더기
옛날 다녔던 뒷간의 퀘퀘한 기억은
잊은 지 오래다

강남 사람도 나보다 즐겁지 못할 것이고
여의도 사람도 나보다 자유롭지 못할 것이다
누가 대신 일 봐준다 해도, 난 거절할 터이다

흘린 동전은 줍지 않는다

텔레비전에 출연한 유명 가수가
궁핍했던 과거가 한이 되어 지폐를 수북이 방바닥에
깔고 잠을 자 봤다 했다

어느 날 방바닥에 은 동전 몇 잎 떨어진 것이 보였지만
허리 굽히는 것이 싫어 줍지 않았다

잠을 자고 나면 요때기 위에도 동전이 떨어져
십 원짜리, 백 원짜리, 오백 원짜리가 뒤섞여
떼로 몰려 다닌다

창공을 나는 새도 같은 무리 끼리 날고
초원을 달려 다니는 양도 양끼리 몰려다니고
수중에 살아가는 물고기도 같은 종끼리 유영하며 산다

내 방바닥에 깔린 동전들도 언젠가는 지남철이
쇠를 끌어당기듯, 세상에 돌고 도는 모든 돈들을
한목에 끌어 오지 않겠는가

궂은비 1

봄과 여름 사이에 비가 옵니다

봄과 여름 사이비를 봄비라 할까,
여름비라 할까요?

울컥 쏟아지는 여름비는 자격 미달이고,
엊그제 보령댐 벚꽃길에 봉오리마다 뒤통수 때려
꽃 이파리 토해낸 것도 봄비가 한 짓이고

그대 떠난 날도 봄비가 부추겼으니

이맘때 오는 비는
봄비라 하지 말고, 여름비라 하지도 말고
밭에 못 나가 심란스런 궂은비라 하자.

궂은 비 2

부지런한 농부는
일하기 좋고

게으른 농부는
낮잠자기 좋고

술꾼 농부는
빈대떡에 막걸리
먹기 좋은 날

엄나무 농부는
젖은 원고지에
식자植字하는 날

두루마리 화장지

마루 위에 있던 화장지를
놓쳐버려 토방 넘어 낙수 지는 마당까지
데굴데굴 굴러갔다

젠장!
마당에는 빗물이지, 네가 닦아야 할
오물이 아닌 것을 왜 모르냐?

순식간에 빗물 젖은 화장지
말려서 불쏘시기나 해야겠다

손님

아들 장가보내고 나서 처음에는
며느리만 손님인 줄 알았지

살림 내서 한참 살다 보니, 어느새
아들까지도 손님이 되었네

아들 온다는 연락받고
방청소, 화장실청소, 쓰레기까지
태우려 하니 진땀 나네

두 번 오는 생일

나는 일 년에 두 번
생일을 쉰다

먼저 오는 생일은 카톡생일로
축하 메시지가 많은 양력 생일이고

이날은, 이 삼 일 전부터 오는 카톡이
축하 메시지와 함께 환한 꽃다발로
장식 되어진다

친구 한 명이 생일 축하로, 술 한잔
사고 싶다 하여, 함께 앉은 자리에서 실제
생일날은 음력임을 털어놓으며 사과했다

"괜찮네! 일 년에 두 번이면 어떻고
 세 번이면 어떤가?
 우리 나이엔 많을수록 좋지 않나?"

시원스런 친구의 대답이지만 어쩐지
찝찝한 내 속은 풀리지가 않네

번데기 먹던 날

여물 쑤는 아궁이 앞에 작은 아궁이 만들어 놓고
어머니는 비단실을 뽑아내고 계셨다

고치가 실이 되어 다 풀려나가면 고치 속에 살고 있던
누에의 변신인 번데기가 노르스름 익어져
부뚜막 위에 올려졌다

나는 어머니가 건져주시는 번데기를 먹기 위하여
어머니 곁에 웅크리고 앉아 불 지피는 일을
거들기도 했다

어머니는 불 때는 일은 누나에게 시키지 않고
나만을 불러 앉혀놓고, 당신은 먹을 줄 모른다며
내 입속에만 따끈한 번데기를 넣어 주곤 하셨다

아들과 함께 들른 식당에 번데기가 상에 올라왔다
반가운 마음에 집어 올리는 순간 젓가락에 휘감기는
옛 생각에 번데기는 미끄러져 나갔다

비단실이 명주실인 줄 알지 못하는 세대들이
번데기가 누에의 변종인 줄 알지 못하는 젊은이들이
어찌 번데기 깊은 맛을 알기 나 하겠어

몰랐다

주방 안에 우두커니 서 있는 기둥을 보고
으스러지게 껴안아 주고 싶은 마음은
야윈 기둥이 차마 애처로워
날 그렇게 만드는 줄 몰랐다

백년이와 눈길 마주칠 때
무당 주술 같은 말들이 절로 터져 나옴은
왕겨 불에 오래 구워진 고독이
날 그렇게 만드는 줄 몰랐다

* 백년이: 필자가 키우는 개이름

쯔쯔가무시

몸이 아프다는 소문을 듣고
친구 한 명이 문병 왔다

어디가 아픈가?
어딘지도 모르게 그냥 아파!

그래도 심하게 아픈 데가 있을 거 아냐?
그게 어딘지도 모르겠어

그게 말이 된다고 생각해?
말조차 안 되는 병이 쯔쯔가무신 가봐

백년이

백 년을 함께 살자 했던 우리 약속
5 년도 못 가서 허물어 버리고
무엇이 급해서 그렇게 빨리 가버렸나

꽁꽁 얼어붙어 다문 땅은
곡괭이 날도 허락지 않는데, 너는
굳게 닫힌 저승문을 어떻게 열고 가려고

함께 등산하던 시간이 오면
행여 늦을세라 킁킁 짖어 재촉했고

먼 길 다녀올 때 차 소리 들리면
아랫집 마당까지 달려 나오던 너의 모습

나 보고 어찌 잊고 살라고
잊어야만 맘 편히 살 수 있다고

가라!
어차피 갈 길에 들어섰다면
잘 가라, 짖지 말고

이제 내가 해줄 수 있는 것은
너의 무덤가에 이별의 시 한 편
묻어 줄 뿐이다

* 백년이 : 필자가 키우는 개이름

고요

五峰 이희영 제8시집

제3부

죽순의 계절

봄이 산에 오를 때

유난히 청명한 아침
모처럼 오르는 등산길에
이름 모를 산새들이 따라오며
지저귄다

목적지에 다달아 보니
춘란 한 그루가 진즉 봄을 끌고 올라와 있다

산새들도 날 보고 따라온 것이 아닌 듯
기기 있던 새들이 춘란 근처에서 봄이 와
있음을 노래하고 있었다

죽순의 계절

태어난다는 것은 무엇이 돼었든
손뼉 치며 환호할 일이다

죽취일竹醉日 전후가 되면
우리 집에도 죽순이 여기저기서
솟구쳐 오르는 소란이 일어난다

대나무 크기는 죽순 때부터
타고나기 때문에
황소 뿔만 한 대나무라면
황소 뿔 같은 죽순이
땅거죽을 치받고 솟구친다

죽순이 나오는 곳은
내 땅 네 땅을 가리지 않는다

대밭에도 나오고
보리밭에도 나오고
길바닥에도 나오고

남의 집 담벼락에도
머리 들이댄다

어젯밤에도
저리도 많은 죽순이 헤집고 올랐으니
내가 잠 못 이룬 것은 대숲에서 들려오는
박수 소리 때문였나 보다

* 죽취일竹醉日 : 음력 5월 13일 고려시대 때부터 내려온 의식으로 이날
  이 되면 대나무 번식을 촉진 시키는 제반 행사가 있었으나, 오늘날엔
  죽세품을 선전, 판매하는 의식으로 행하여 지고 있다.

봄까치꽃

세상에 꿀 없는 꽃이 있겠냐만 분주하게 이꽃 저꽃 옮겨
다니는 꿀벌들은 꿀 따는 것도 마다하고 꽃구경만 다니고
있다

입춘이라 하지만 말뿐인 입춘 인걸
눈 밑에 짓눌린 난장이 꽃들이 군락 졌다

반딧불 같은 꽃송이들 바람이 스치고 갈 때
푸른 별이 된 꽃들이 은하수로 흐른다

달팽이

날 보고 느리다고
깔보지만

평생,
집값 걱정 따윈
해본 적이 없다니까.

반딧불이

하늘 날아다니는 하얀 꽃불
불같이 뜨겁지도 않고
꽃같이 바람에 지지도 않는

여름밤에만 피는 야생화

작은 불들이 모이면 큰 불이 되고
큰 불이 모이면 캄캄한 글도 읽을 수 있다 하여

어릴 적 나는 무던히도 쫓아다니며
꽃불을 따내기도 하고, 찢어 버리기도 했지

천연기념물로 귀한 몸 될 줄 알았다면
진즉에 사죄하고 돌봤어야 했는데……

쇠무릎[牛膝]

엄나무밭에서 우연히 만난
잡풀과 함께 어울린 쇠무릎 무리

말로만 듣던 쇠무릎였는데
첫눈에 알아볼 만큼
풀의 가지가 소의 무릎을 쏙 빼닮았네

동형동기同形同氣란 말이 쇠무릎에서 생겨났나
대추, 호두는 두개골을 닮아 머리에 좋고
쇠무릎은 소의 무릎을 닮아 무릎에 좋고

소는 살아생전 죽도록 일만 하다가
죽고 나니 쇠무릎으로 다시 태어나
삶아 먹고, 고아 먹고.

* 동형동기同形同氣 : 형이 같으면 氣가 같다 하여, 풍수와 한방에서 널리
  적용하고 있음

때뚱바위

바위 위에 또 하나의 키 큰 바위가
때뚱하게 서서 있다

등산길 위쪽에 있는 이 바위를 볼 때마다
등짝을 발로 차 절벽 밑으로 굴려보고 싶은
충동을 느낀다

충동의 순간은 그 어떤 감성보다 순수한
욕망이 불꽃처럼 튄다

나는 시상이 막혀 답답할 때는
때뚱바위를 만나러 산에 올라간다

솔방울 1

등산길 파인 골마다 솔방울들이
소복이 모여있다

솔방울 속 씨는 이미 겨울 찬바람에 털려 나가고
껍데기만 남아, 양로원 노인들처럼 세월만 허문다

청설모 한 마리 불현 찾아와 솔방울
들었다 놨다, 빈 입 훔쳐내며 그냥 가버린다

비가 오면 산길은 개울이 되고
빗물은 모여있는 솔방울을 저만치 몰고 가다
젖은 흙으로 덮어 버릴 것이다

솔방울 2

서울 사는 친구 집을 방문했을 때
거실 한쪽 가구 위에 소복이 담긴
솔방울이 눈에 번쩍 띄었다

왜, 하찮은 것을 거기 두었는지 물었더니
가습기 겸 장식용으로 사다 놓았다 한다

이름까지 귀엽고, 볼 적마다 솔향 그으윽한
고향이 다가온다는 친구의 대답이다

며칠 전 등산길에 솔방울 밟고 미끄러지기도
했는데, 어느새 내 친구 집으로
숨어든 것일까, 부잣집 가구 위에 올라 귀한 몸
되었으니, 두 얼굴 중 어느 것이 너의 진짜
얼굴이냐?

아무래도 좋다
객지 생활 오랜 친구에게 솔향, 고향 냄새
전해주는 가구 위 네 모습이 진짜임을
믿으련다

친구야!

솔방울 필요할 땐 말만 해

몇 가마니라도 주워서

언제든지 택배로 올려보낼게

추색 2

가을은 무엇이든 익어 간다

풀잎, 나뭇잎도 초록 일색을 벗어나
저마다 본색 찾아 곱게 단풍 익고

그새, 농익은 열매는 껍질 박차버린 씨앗들이
봄의 땅을 미리 차지하기 바쁘다

가을은 익어가는 소리가 들린다

밤새 뜨락을 들썩이며
가슴팍 후비던 귀뚜리도

찢긴 창호지 틈바구니 새로 비집고
쏟아지는 달빛도

모두가 가을 익어가는
소리를 낸다

고드름

어떤 미친년이
처마 끝에다 줄 맞추어 양말들을
나란히 널어 놓았다

그런데
아침 햇살 내리자
빨래 물이 뚝뚝 낙수 진다
잘 말라가고 있다

우리 집 낙락장송

집 모퉁이 언덕에 숲과는 저만치
떨어져 돌올한 노송 한 그루

새들의 노래도, 우는 소리도
늘 이 노송에서 들려오곤 했지

밤새 하늘 여행에 지친 달은 새벽녘 되면
이 나뭇가지에 잠시 앉아 피로를 풀고 갔지

아무리 포악한 태풍이라 해도
노송 곁을 지날 때는 순한 양이 되어
발자국 더듬더듬 대숲으로 숨어 버렸지

바람 부는 날이면 오만 고뇌 털어 내고
비 내리는 날이면 목욕재계하고
눈 내리는 날이면 순백으로 몸치장 다듬어
백 년 수도하는 노승다웠지

몇백 년 꼼작 않고
직립으로 홀로선 채 수도하는 육신은

이미 비상 준비가 되었지

목피木皮는 벌써 용의 살갗이 되었고
가지는 용의 날개로 활짝 펼쳐있어
언제라도, 금세 승천할 일만 남아있지

작은 물속에 큰물이 흐른다

우리 동네 가운데를 가로지르는 시냇물 속에
또 하나의 작은 개울물이 구불구불 흐른다

태고적 우리 동네가 태어날 때는 기름진 젖줄이 되었고
유유히 흐르는 동네의 젖줄은 오랜 역사와 부침을 함께한
생명줄이다

무성한 잡풀까지 비실비실 말라가던 혹독한 가뭄에는
개울은 웅덩이가 되어, 논과 밭에 죽어가는 곡식들을
살려내는 생명수가 되곤 했다

큰비가 오거나 홍수가 닥치면 개울은 냇둑까지
몸집 키워, 사나운 홍수를 달래어 대천 앞바다에
번쩍 안아 넘겨주곤 했다

작은 개울에는 뱀장어, 물메기를 비롯하여
송사리, 새우, 가재 온갖 물고기가
있는 듯 없는 듯 화목하게 오늘을 살아가고 있다

진주 남강 1

논개의 혼魂이려나,
촉석루 그림자도 녹아버린
남강의 물이 너무나도 맑다

진주로 시집 간
내 누이처럼

진주 남강 2

강물은 분명 역류하고,
물길 따라 흐르지만
그 물길 사납지 않아
진주처럼 아름답다

강물은 분명 흘러가는
방향 있지만
그 방향 보이지 않아
평야처럼 광활 하다

강물은 분명 출렁이지만
그 소리 들리지 않아
산사처럼 정숙 하다

물길 따라 흘러가는 유람선
뱃머리는 뒤에 두고
하늬바람 잔물결이 배를 띄운다

* 역류逆流 : 산<龍>의 흐름과 반대로 흐르는 물. 진주 남강은 남해 바다를
  가까이 두고, 남해로 가지 않고 밀양까지 내륙을 돌아 낙동강 하류에
  합류한다.

폐가옥

사람이 살던 집에
벌레와 짐승들이 살아가고 있다

공간마다, 구석마다, 시커먼 거미줄이 얽혀 있고
잡풀은 우거져 개구리도 뱀도 함께 살아간다

한 키가 넘게 몸집 불린 잡풀들이
집으로 들어가는 입구부터 막아섰다

우거진 잡풀들을 헤집고 집안에 들어가 보려니
험상스런 개 한 마리가 컹컹 짖어대어
발길 주춤거리자, 어디선가 고양이 울음소리가
소리를 섞는다

주인 떠난 헐어가는 집을, 함께 살았던
온갖 벌레와 짐승들이 눈물겹게 지켜가고 있다

고요

五岩 이희영 제8시집

제4부

송기떡을 아시나요?

4월은

봄들을 먼저 차지하기 위하여
다투어 꽃이 피는 계절이다

개나리, 진달래, 목련, 산수유
앵두꽃, 살구꽃, 복숭아꽃, 사과꽃, 배꽃

나무에 피는 꽃은 조금이라도
널은 뜰을 차지하려고 까치발 딛고
고개 발딱새워 눈을 두리번 거린다

꽃눈에 핏물 드는 경쟁이다

바위틈이나 풀숲에 숨어 살던 잡풀로
자격도 자질도 없는 오랑캐꽃이
경쟁에 끼어들었다

우리도 4월은
핏물 튕기는 선거가 있다

송기떡을 아시나요?

"자네 이게 무슨 떡인지 알겠는가?"
사찰여행 다녀온 선배 형이
불그스레한 개떡 두어 개 맛보라고 내놓았다

첫입 씹으니
멀리 있는 소나무 냄새가 씹혀든다
두 입, 세입 씹자
지나간 칠십여 년 세월이 씹힌다

6·25 남침 포화소리 들린다
흉년 겹쳐 식량이 고갈 됐다
긴 가뭄은 산과 들풀까지도 고사 시켰다

전장에는 병사들이 총상으로 죽어갔고
산에는 소나무 껍질이 벗겨져
주검이 지천에 널려졌다

"알고 말고요!
똥구멍이 찢어지게 가난하다는 말

송기떡 먹고 변비 걸려 똥구멍 째진
연유가 있다는 것도 알고 말고요"

송기떡은 전쟁 땜에 출세한, 돈 주고도
사 먹기 힘든 음식이 됐지만 그때 붉은
완장 차고 다니던 무리들은 또다시
새빨갛게 이 땅을 덮어가고 있다오

고약한 문명

핸드폰도 없던 시대에 멀리 있는
친지에게 급한 연락도 못 하고
어떻게 살았을까
그래도 그때는
궁금한 줄 모르고 마음 편하게 살았지

승용차도 없던 시대에 그렇게 많은 곳을
다녀가며 어떻게 살았을까
그래도 그때는
불편한 줄 모르고, 다닐 데는 다니고
관광 다니며 살았지

손목시계도 없던 시대에
시간 맞춰 할 일들은 어떻게
시간 지켜 살았을까
그래도 그때는
시간 늦는 줄 모르고 넉넉하게 시간 쓰며
쫓김 없이 살았지

그때는 그래도

아무런 불편 없이

마음 풀어주고 편히 살던 시대였지

무자식 병

서구에서 시발한 무자식 병은
결혼을 기피하고 결혼은 했어도
자식을 낳지 않는 불임 병이다

무자식 병은 균이 없는 병이라
의학적으로는 근접할 수도 없고
전염성의 속도가 빨라 일순간에
전 세계가 이 병을 앓고 있다

인간의 능력이 神의 영역을 침공하면서
불가피한 조치임을 인간들은 아직도
불식不識하고 있다

神은 이미 일정 기간 두고 전염병을 창궐시켜
경고하였지만, 우매한 인간들이 알아채지 못한 채
전염병의 극복은 마치 인간의 승리인 양
자만심만 부풀렸다

무차별적 자연 파괴, 핵폭탄, 우주개발, AI 등 상상을
초월하는 무기 발명으로 神의 영역을 지속적으로

공격해 온 것이다

어리석고, 어리석은 인간들이여!
무자식 병은 약으로도 안 되고, 돈으로도 치료 못 하는
신병神病임을 깨닫고, 어서 빨리 神의 노여움을 풀 수 있는
神을 공격하는 무기 개발을 즉각 정지하라

그러지 않는다면 神은 더 이상 참을 수 없어
지구상 인간이란 종자가 멸종할 때까지
무자식 병을 창궐시킬 것이다

빗발과 눈발

저녁 무렵
빗발치듯 눈발 몰아치더니
아침이 오자
눈발 아래로 세상은 하얀
고요가 머물었다

저것이 눈발이 아니고
빗발이었다면
홍수가 나서 여의도가
떠나가도 좋았을 뻔했는데,

시는 역설이 필요해

요즘 경향 각 곳에서 살맛 나는
세상이 왔다고 아우성이다

싸움꾼, 사기꾼, 도둑놈, 양아치를
모두 뽑아서 여의도에 보내버리자

싸우는 소리도, 경찰차 경보음 소리도
일시에 사라지며
경찰은 할 일 없어 문을 닫아 맸고

밤낮 내문 활짝 열어놓고
사는 집들이 늘어만 가고 있다네

소리 없는 소리 1

초저녁에 인적이 끊겼다
동네개도 짖는 소리가 없다

새벽닭 울음소리는
적막공산 돼버렸다

새벽잠 깨는 나에게만
가깝게 들려오는 소리

귓속에 사는 겨울 매미

소리 없는 소리 2

"메밀 묵이나 참싸알 떡, 참싸알 떡"
찹쌀떡 장수의 쉰 목소리

겨울밤 이슥해지면
살얼음 익어가는 서울의 골목길을
깨뜨리고 지나간다

소리가 들려오기 전부터
미리 고파있던 배가
창가로 귀를 밀어 놓는다

떡장수 발자국 소리
시험공부 하는 노트 속 글씨들을
죄다 밟고 그냥 지나간다

지금도 겨울밤 깊어지면
아리도록 내 가슴이 밟힌다

사라져 가는 소리

봄, 여름밤에 들려오는 소쩍새 우는 소리는
애잔하기만 했다

가을, 겨울 추운 밤에 부엉이 우는 소리는
더 춥고, 오싹 무서웠다

뒷산에 부엉이 우는 밤
마당 끝 뒷간 갈 때면, 등불 켜 들은
누나들 둘씩이나 대동하는 요란스런
행차가 되곤 했다

무슨 까닭인지 지금은 어떤 계절
어느 밤에도, 부엉이 울음소리 들리지 않고
동네는 그대로 천길 적막에 떨어진다

사라져 가는 소리는 무엇이든지 아쉽다
사라져 가는 사람은 누구든지 그립다
사라져 가는 모든 것은 소중함을 남긴다

함께 뒷간 가던 누나들이 보고 싶고
부엉이 울음소리가 정겨워진다

불면의 밤

늦은 저녁밥 끄적대고 있을 무렵
지붕 위를 날고 있는지

끼욱끼욱 기러기 우는 소리 들린다

저놈들은 저 넓은 하늘 놔두고
왜 하필 우리 집 지붕 위를 날아갈까

저놈들은 온종일 밝은 낮 놔두고
왜 하필 어두운 저녁 먼 길 떠나갈까

잠이 오지 않는 이유 같지 않은
이유를 따져보다가 잠이 오는 발모가지
구경조차 못 했다

그분들을 만나보니

어제도 그제도 꿈을 꾸었다
보고 싶은 사람도 만나 보았고
보기 싫은 사람도 만나 보았다

그러나
그토록 보고 싶은 사람 만나서
보고 싶었단 말 한마디 전하지 못하고

보기 싫은 사람 만나서
보기 싫단 기색도 못 내고 피해 다녔다

꿈은 의지와는 상관없는
또 다른 나만의 세상

만난 사람 기억해 보니
모두가 저세상 사람뿐

저세상도 별건 아니더라
사랑도 아프고, 증오도 아픈,

친구가 웃겨

사 십년 만에 처음 만난
국민학교 동창 친구

대천에서 제일 크다는 수박을 사 가지고
우리 집 찾아왔다가 내가 없다고
차 트렁크에 싣고 다니길 십 여일
우연히 날 만나고 넘겨준다

신품종 고구마를 선사 받아 삶았다며
조선 최고의 단맛이라 내게 주고 싶다는
전화 왔기에, 좋다고 대답 주었더니
초저녁 땅거미 어둠 뚫고 승용차로 가져온
따끈따끈한 손가락 크기 고구마 한 뿌리 달랑

간장 한 병은 쏟아부어야 간이 맞을 친구 행동이
왜 자꾸만 나를 웃게 만들지.

지하철 2호선

낮을 끌어다 밤에 버리고
밤을 끌어다 낮에 버리고

깊숙한 지하 속에서
밤낮을 바꿔가며 돈다

오죽이나 가는 세월
야속 했으면,

어떤 이별 2

옷깃 비벼가며 다정하게 앉아 있어도
옆 사람이 누군지 알려 하지 않는

젊은이들은 핸드폰에 영혼이 묶여있고
늙은이들은 자는 척 애써 눈 감고 있는

만남은 이별이 뒤쫓아 오는 까닭에
이별 닿기 전에 만남을 버려야 하는

지하 정거장의 만남 없는 이별은
깊은 땅속으로 인사도 없이 사라진다

서툰 이별 4

사랑하는 사람에게 사랑 한다고
고백하는 것도 쉬운 일은 아니지만

사랑하는 사람에게 사랑하지 않는다고
말하는 것은 더더욱 어려운 일이다

사랑하는 일도 아픔이고
이별하는 일도 아픔인 것을
어째서 이별의 아픔만을 아픔인 줄 아는가

철새처럼 떠난 이별

철새는 때가 되면 날아가고
때가 되면 오지 말래도 다시 오거늘

사람은 멀리 갈 때만 떠나는 것 아니고
정이 멀어지면 떠나지 않았어도
이별이라 하거늘

한번 떠난 이별은
다시 오는 때가 있는 것도 아니고
오라 해도, 올 수 없는 떠남이려니

철새처럼 떠날 때
낌새도, 인사도 없이 훌쩍 떠났다 하여
뭘 그리도 서러워할 거 있나

너는 살면서, 살아오면서
숱한 이별이 이골이 날 만도 하잖아

고요

도서 **이희영** 제8시집